# ¡PIM!
# ¡PAM!
# ¡PUM!

**EDITORIAL**

Editorial Bambú es un sello
de Editorial Casals, SA

© 2015 Elisenda Roca, por el texto
© 2015 Cristina Losantos,
por las ilustraciones

© 2015, Editorial Casals, SA
Casp, 79 – 08013 Barcelona
Tel.: 902 107 007
editorialbambu.com
bambulector.com

Diseño de la colección:
Estudi Miquel Puig

Primera edición: febrero de 2015
ISBN: 978-84-8343-368-3
Depósito legal: B-27630-2014
*Printed in Spain*
Impreso en Índice, SL
Fluvià, 81-87. 08019 Barcelona

ELISENDA ROCA
CRISTINA LOSANTOS

¡PIM!
¡PAM!
¡PUM!

Un cuento
para aprender
a convivir

# Hoy Camilo estrena escuela.
Es una experiencia nueva.
Llega pronto y sonriente.
Conocerá a mucha gente.

La maestra se presenta
muy gentil y muy atenta.
Y se acercan muchos niños,
que ríen y le hacen guiños.

Pero, apartados de todos,
hay dos con caras de lobos.
Uno, el puño levanta,
la otra, ceñuda, aguanta.

–¡Ojo, Camilo! –dice Azucena–.
Estos dos niños son una pena.
Él es Enrique, la niña es Marta.
Toda la clase está ya muy harta,
porque él golpea y ella araña
siempre a traición y con mucha saña.

Nuestro amiguito no sabe
que la cosa es muy grave.
Va a conversar sin recelo
y ¡Marta le tira del pelo!

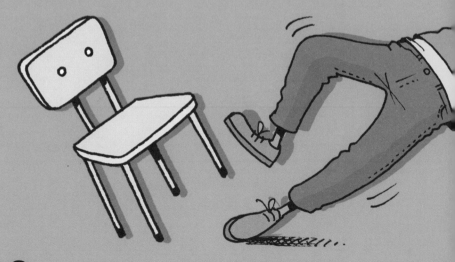

¡Qué susto! Nadie esperaba
que la niña atacara
al buenazo de Camilo
mientras charlaba tranquilo.

Pronto acude la maestra
y habla con ella muy diestra.
–¿Es que no te aflige, Marta,
ver como todos se apartan
cuando les tiras del pelo
o les das una somanta?

–Y añade, mirando al niño:–
Esto también va por ti.
¡Embistes cual jabalí!
¡Quiero que mostréis cariño,
y no oír más el runrún
del molesto pim, pam, pum!

Pero de nuevo, en la clase,
Enrique da una patada
y suelta una carcajada.
Esta acción no tiene pase.

No ha transcurrido una hora,
y ya está quejándose Nora.
Marta le ha dado un sopapo
y ha quedado hecha un guiñapo.

23

¡Caramba! ¿Qué está pasando?
¿Por qué estos niños dan piños
en vez de mostrar cariño?
Camilo está alucinando.

De noche, a la hora del cuento,
el papá observa con tiento
a Camilo alicaído.
No sabe qué le ha ocurrido.

Con papá y mamá a su lado,
no le cuesta demasiado
contarles lo sucedido.
¡Vaya episodio ha vivido!

De pronto, mamá va y suelta:
–¡Quieren llamar la atención!
Vamos a darle la vuelta
y arreglar la situación.
Para que ellos lo entiendan,
¡haremos una función!

Como su madre es actriz
y su padre, director,
harán un final feliz,
y así verán que es mejor
hablar, reír, abrazar,
que ponerse a golpear.

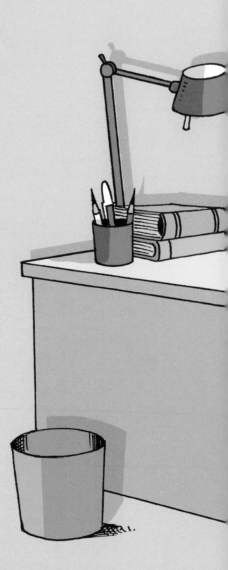

Dedican unas tres semanas.
Ensayan con muchas ganas
para que la obra asombre.
Camilo le pone el nombre.
Se llamará *¡Pim! ¡Pam! ¡Pum!*
¡Adiós golpes al tuntún!

Llega el momento esperado.
Los dos niños, ya sentados,
ven que se apaga la luz.
Da comienzo *¡Pim! ¡Pam! ¡Pum!*

Sobre una tarima improvisada
toda la clase va disfrazada:
hay tres arañas que arañan,
dos monitos dando caña
y un canguro que boxea.
Un asno, de una coz golpea
al que parece Camilo,
con disfraz de cocodrilo.
Mientras esto va pasando,
solo un tambor va tronando.

Pero una música suena
que da paso a una canción.
«Escuchad con atención:
no es una idea muy buena
dar patadas y trompazos.
Preferimos los abrazos.
Os cantan animalitos
para que no estéis solitos.
El ¡Pim! ¡Pam! ¡Pum! olvidad.
¡Que regrese la amistad!»

«Es mucho mejor amar
que pegar y hacer llorar.
Si conseguís una risa
os daremos mil sonrisas.»

Acabada la función,
pronto entienden la lección.
Los niños, avergonzados,
se abrazan emocionados.

Y ahora es cuando el cocodrilo,
que no es otro que Camilo,
te dice: –Echa un vistazo
y, a quien quieras, da un abrazo.